ADELITA AND THE VEGGIE COUSINS
ADELITA Y LAS PRIMAS VERDURITAS

BY / POR DIANE GONZALES BERTRAND

ILLUSTRATIONS BY / ILUSTRACIONES DE CHRISTINA RODRIGUEZ

Spanish translation by / Traducción al español de Gabriela Baeza Ventura

PIÑATA BOOKS

Piñata Books
Arte Público Press
Houston, Texas

Publication of *Adelita and the Veggie Cousins* is funded by grants from the City of Houston through the Houston Arts Alliance. We are grateful for their support.

Esta edición de *Adelita y las primas verduritas* ha sido subvencionada por la Ciudad de Houston por medio del Houston Arts Alliance. Les agradecemos su apoyo.

Piñata Books are full of surprises!
¡Piñata Books están llenos de sorpresas!

Piñata Books
An Imprint of Arte Público Press
University of Houston
452 Cullen Performance Hall
Houston, Texas 77204-2004

Cover design by / Diseño de la portada por Mora Des!gn

Bertrand, Diane Gonzales.
   Adelita and the Veggie Cousins / by Diane Gonzales Bertrand; illustrations by Christina Rodriguez; Spanish translation by Gabriela Baeza Ventura = Adelita y las primas verduritas / por Diane Gonzales Bertrand / ilustraciones de Christina Rodriguez; traducción al español de Gabriela Baeza Ventura.
      p.   cm.
   English and Spanish.
   Summary: On her first day at a new school, Adelita makes new friends through a lesson on vegetables, including how some vegetables are "cousins" because they share certain characteristics.
   ISBN 978-1-55885-699-8 (alk. paper)
   [1. Vegetables—Fiction. 2. First day of school—Fiction. 3. Schools—Fiction. 4. Spanish language materials—Bilingual.] I. Rodriguez, Tina, ill. II. Ventura, Gabriela Baeza. III. Title. IV. Title: Adelita y las primas verduritas.
PZ73.B4425 2011
[E]—dc22
                                                                                        2010054521
                                                                                        CIP

Printed in Hong Kong in May 2011–July 2011 by Paramount Printing
12 11 10 9 8 7 6 5 4 3 2 1

To my cousin, Adelita, with love
—DGB

For my niece and nephew, Antoinette and Benjamin, with love
—CR

Para mi prima, Adelita, con cariño
—DGB

Para mis sobrinos, Antoinette y Benjamin, con cariño
—CR

It was Adelita's first day at a new school. She looked around the classroom. She didn't know anyone. How would she make friends?

Era el primer día de clases de Adelita en la nueva escuela. Miró alrededor del salón. No conocía a nadie. ¿Cómo haría nuevos amigos?

Her new teacher, Miss Cantú, stood behind her desk. A big straw basket filled with colorful vegetables sat in front of her.

"Okay, boys and girls," she said, "everything in this basket is delicious and healthy. Can anyone name any of these vegetables?"

Su nueva maestra, Señorita Cantú, estaba parada detrás de su escritorio. Frente a ella había una gran canasta llena de verduras de distintos colores.

—Muy bien, niños, niñas —dijo— todo lo que está dentro de esta canasta es delicioso y sano. ¿Quién reconoce alguna de estas verduras?

"I hate vegetables," someone said.

The boys sitting by Adelita made ugly faces.

"Me too! Yuck!" Another boy stuck out his tongue.

A girl sitting up front said, "Where are the cans? Don't vegetables come in a can?"

—Odio las verduras —dijo alguien.

Los niños que estaban sentados cerca de Adelita hicieron gestos.

—¡Yo también! ¡Qué asco! —dijo otro niño y sacó la lengua.

Una niña que estaba sentada al frente preguntó —¿Dónde están las latas? ¿Qué las verduras no vienen en latas?

"Sometimes, but it's healthier to eat them fresh," Miss Cantú said. "I bought these on Saturday at the farmers market." She picked up a vegetable and said, "Today we'll talk about vegetables as friends to our bodies."

Vegetables as friends? Adelita sighed. She wanted a girl or boy to be her friend.

—Sí, a veces, pero es más sano comerlas frescas —dijo Señorita Cantú—. Este sábado compré estas verduras en el mercado. —Tomó una verdura y dijo— Hoy vamos a hablar de cómo las verduras son amigas de nuestros cuerpos.

¿Las verduras son amigas? Suspiró Adelita. Ella quería que alguna niña o algún niño fuera su amiga o amigo.

"Now everyone can pick one vegetable from the basket," Miss Cantú said. "I brought one for each of you."

Adelita watched the children who ran up to the basket. Three girls giggled as they picked up different ones and held them to their noses. Two boys tossed a brown vegetable like a football. One kept it under his arm, and the other took the pumpkin.

—Ahora cada uno de ustedes puede tomar una verdura de la canasta —dijo Señorita Cantú—. Traje una para cada uno.

Adelita observó a los niños que corrieron hacia la canasta. Tres niñas se rieron mientras elegían verduras distintas y las acercaron a la naríz. Dos niños se lanzaron una verdura café como si fuera un balón de fútbol americano. Uno se la puso bajo el brazo, y el otro eligió una calabaza.

After they walked away, Adelita finally stepped closer.

A girl in a red T-shirt smiled. "Hi, I'm Jasmine. What color do you like better: green or yellow?"

"I like yellow." Adelita's eyes blinked with surprise. "I'm Adelita."

"Adelita, I like green. Here," Jasmine said. She gave Adelita a funny-looking yellow vegetable with a fat bottom and a long neck. "I think these two veggies must be cousins or something. They look alike, don't they?"

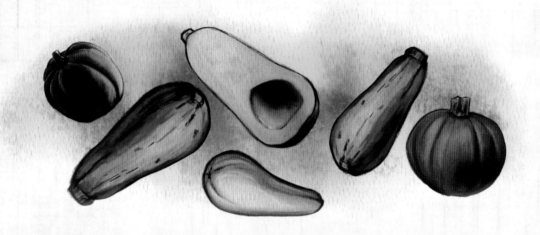

Cuando se alejaron, Adelita finalmente se acercó.

Una niña con camiseta roja sonrió. —Hola, soy Jasmine. ¿Cuál color te gusta más: el verde o el amarillo?

—Me gusta el amarillo. —Los ojos de Adelita parpadearon sorprendidos—. Soy Adelita.

—Adelita, a mí me gusta el verde. Toma —dijo Jasmine. Le dio a Adelita una verdura amarilla medio rara con una pancita gorda y un cuello largo—. Creo que estas dos son primas o algo así. Se parecen, ¿verdad?

"I wonder what these veggie cousins are called," Jasmine said.

Adelita's fingers rubbed the yellow neck. "My grandma calls the green ones *calabacitas*."

"What a pretty word," Jasmine said. "And it rhymes with your pretty name, Adelita."

—¿Cómo se llamarán estas primas? —preguntó Jasmine.

Adelita pasó los dedos por el cuello amarillo de la calabaza. —Mi abuelita dice que las verdes son calabacitas.

—Qué palabra tan linda —dijo Jasmine—. Y rima con tu lindo nombre, Adelita.

"Oh, you have two of my favorite vegetables," Miss Cantú told them. "They're both squash. They're just different colors."

"See?" Jasmine smiled. "I told you they were veggie cousins." She held up her vegetable to Miss Cantú. "But Adelita didn't call it a squash. What did you say your grandma calls it?"

Adelita's face felt warm. "Umm, she calls it *calabacita*."

Miss Cantú nodded. "Do you know what, Adelita? That's what my mom calls it, too."

—Miren, ustedes tienen dos de mis verduras favoritas —les dijo Señorita Cantú—. Las dos son calabazas. Solo son de colores distintos.

—¿Ves? —Jasmine sonrió—. Te dije que nuestras verduras eran primas. —Levantó su verdura para que Señorita Cantú la viera—. Pero Adelita no le dice calabaza. ¿Cómo dijiste que le dice tu abuelita?

Adelita se sonrojó. —Mmm, le dice calabacita.

Señorita Cantú asintió. —¿Sabes qué, Adelita? Así es como le dice mi mamá.

Adelita sat down and held the yellow squash in front of her. She turned around. Jasmine waved and did a happy dance with the *calabacita* on top of her desk. Adelita did a happy dance with her squash. The dancing veggie cousins made Adelita laugh.

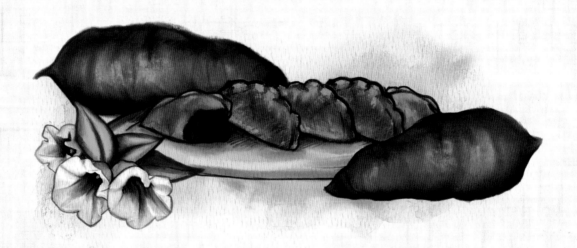

Adelita se sentó y colocó la calabaza amarilla frente a ella. Se dio vuelta. Jasmine la saludó e hizo bailar a la calabacita en su escritorio. Adelita también hizo bailar a su calabaza. El baile de las primas verduritas hizo reír a Adelita.

Then Miss Cantú told the class, "Children, all vegetables keep our bodies healthy and strong. Does anyone eat the vegetable you chose from the basket?"

A boy in the back raised his hand. "My mom cuts up cucumbers to eat with a sandwich instead of chips."

The boy sitting near Adelita said, "My grandpa grows pumpkins in his garden, and Mom cooks them for *empanadas*."

A girl with a pink hair clip raised her hand. "Miss Cantú, what is this vegetable?"

"It's a chayote," the teacher said. "It's another kind of squash, Lisa."

Another veggie cousin, Adelita thought. And another name: Lisa.

Entonces Señorita Cantú le dijo a la clase —Niños, todas las verduras mantienen nuestros cuerpos saludables y fuertes. ¿Alguno de ustedes come la verdura que eligió?

Un niño al fondo levantó la mano. —Mi mamá rebana pepinos para que los comamos con los sándwiches en vez de comer papitas.

El niño cerca de Adelita dijo —Mi abuelito cultiva calabazas en su huerta, y Mamá prepara empanadas con ellas.

Una niña con un broche rosado levantó la mano. —Señorita Cantú, ¿cómo se llama esta verdura?

—Es un chayote —dijo la maestra—. Es otro tipo de calabaza, Lisa.

Otra prima y otro nombre: Lisa, pensó Adelita.

Other students raised their hands and called out a carrot, a cabbage, a cactus pad and an ear of corn.

"Those vegetables are different colors," Miss Cantú told them. "We should try and eat a rainbow of different vegetables every day."

Then Miss Cantú pointed around the classroom and said, "Do you know the other vegetables? Malik has a *yautía*. John has a cassava. Dustin has a sweet potato. And Emilia has a malanga."

Adelita watched and listened carefully.

Otros estudiantes levantaron las manos y nombraron una zanahoria, un repollo, un nopal y un elote.

—Las verduras tienen colores distintos —les dijo Señorita Cantú—. Debemos tratar de comer un arcoíris de verduras todos los días.

Enseguida Señorita Cantú señaló alrededor del salón y dijo —¿Conocen esas otras verduras? Malik tiene una yautía. John tiene una yuca. Dustin tiene un camote. Y Emilia tiene una malanga.

Adelita miró y escuchó con atención.

Then Adelita remembered something Jasmine said. She raised her hand.

"Miss Cantú, those brown veggies look like the potato. Could they be veggie cousins?"

"Yes, the cassava, malanga, *yautía* and the sweet potato are all root vegetables. They are dug up from the ground," Miss Cantú said. She smiled. "We could call them veggie cousins. That's very good, Adelita."

Her teacher's words felt like a big hug.

Entonces Adelita recordó algo que había dicho Jasmine y levantó la mano.

—Señorita Cantú, esas verduras cafés parecen papas. ¿Serán primas?

—Sí, la yuca, la malanga, la yautía y el camote son raíces. Se sacan de la tierra —dijo Señorita Cantú y sonrió—. Podemos decir que todas ellas son primas. Eso está muy bien, Adelita.

Las palabras de su maestra se sintieron como un fuerte abrazo.

And when it was time for reading circle, Adelita waved to Jasmine and Lisa. "Why don't we all sit together like veggie cousins?"

"Sure," Lisa said. "I'll ask Emilia, Clara and Dustin to sit with us, too. Miss Cantú said we need a rainbow of vegetables, remember?"

Jasmine smiled at Adelita. "Instead of veggie cousins, we'll be veggie friends."

Y cuando llegó la hora de leer, Adelita llamó a Jasmine y a Lisa. —¿Por qué no nos sentamos juntas como primas?

—Claro —dijo Lisa—. Le diré a Emilia, Clara y Dustin que también se sienten con nosotras. Señorita Cantú dijo que necesitamos un arcoíris de verduras, ¿recuerdan?

Jasmine le sonrió a Adelita. —En lugar de ser las primas verduritas, seremos las amigas verduritas.

Miss Cantú held up a yellow book and said, "I thought we could read a story about vegetable soup called *Caldo, caldo, caldo*. It's a happy story about eating vegetables."

Adelita was already happy. Vegetables helped her make friends today.

Señorita Cantú levantó un libro amarillo y dijo —Pensé que podríamos leer una historia sobre la sopa de verduras llamada *Caldo, caldo, caldo*. Es un lindo cuento que trata sobre comer verduras.

Adelita ya estaba alegre. Las verduras le habían ayudado a hacer nuevos amigos hoy.

Diane Gonzales Bertrand loves to blend food, fun and friends into the stories she creates for families to read together. She wrote *Adelita and the Veggie Cousins* to invite children to make new friends and to learn about delicious food at the same time. She is the author of other *familia*-friendly books like *Sip, Slurp, Soup, Soup/Caldo, caldo, caldo; The Empanadas that Abuela Made/Las empanadas que hacía la abuela* and *The Party for Papá Luis/La fiesta para Papá Luis*. She lives with her family in San Antonio, Texas, where she is Writer-in-Residence at St. Mary's University.

A **Diane Gonzales Bertrand** le encanta incluir la comida, la diversión y los amigos en las historias que escribe para que las familias lean juntas. Escribió *Adelita y las primas verduritas* para invitar a los niños a hacer amigos y a aprender sobre comida deliciosa al mismo tiempo. Es autora de otros libros para la familia como *Sip, Slurp, Soup, Soup/Caldo, caldo, caldo; The Empanadas that Abuela Made/Las empanadas que hacía la abuela* y *The Party for Papá Luis/La fiesta para Papá Luis*. Vive con su familia en San Antonio, Texas, donde es Escritora en Residencia en St. Mary's University.

Christina Rodriguez's love of art and books was planted in her when she was a child. As a grown-up, she cultivated her creative skills at the Rhode Island School of Design. Her illustrations have been cropping up in children's picture books ever since. In her free time, Christina enjoys cooking spicy food, playing with her dog and cracking corny jokes. She lives with her husband in Providence, Rhode Island.

El amor por el arte y los libros se sembró en **Christina Rodriguez** desde que era niña. Como adulta, su destreza creativa se cultivó en Rhode Island School of Design. Sus ilustraciones han figurado en libros infantiles desde entonces. Durante su tiempo libre, Christina disfruta cocinando comida picante, jugando con su perro y compartiendo chistes. Vive en Providence, Rhode Island, con su esposo.

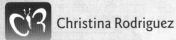
Christina Rodriguez

1-2-3 SUPER CALABACITA SOUP

INGREDIENTS
4 cups vegetable broth
1 carrot
1 celery stalk
1 onion
1 cup zucchini, small diced
1 cup yellow crook neck squash, small diced
4 garlic cloves
Salt and pepper to taste
1 cup cooked brown rice
3 cups cooked chicken

GARNISHES
Lime
Cilantro
Parsley
Tomato
Plain yogurt

(Serves 4)

1. MAKE SOUP

- Peel and chop the carrot into small cubes.
- Clean and chop the celery into small cubes.
- Peel and chop the onion into small cubes.
- Clean and chop the calabacitas into small cubes.
- Peel and mince the garlic.
- Place a sauce pot over medium heat and add 1 tbsp of olive oil.
- Add the carrot, celery and onion to the sauce pot. Cook until the vegetables are just sof
- Add the calabacita and the garlic and sautée for a 2-3 minutes.
- Season to taste with salt and pepper.
- Turn the soup to low heat. Simmer for 10 minutes or until the vegetables are tender.

2. PREPARE OPTIONAL ADDITIONS

- For rice: Place 2 cups of water and brown rice in a sauce pan. Bring to a boil. Turn dow the heat. Let simmer for 20 minutes or until tender.
- For chicken: Cut cooked chicken into 1 inch pieces

3. PREPARE THE GARNISHES

- For herbs: Remove leaves from herbs. Chop herbs coarsely.
- For lemon or lime: Cut in half. Squeeze juice into a bowl.
- For the tomato: Cut tomato in half. Cut out core and chop tomato.

SERVE

- Place the brown rice and chicken in a soup bowl.
- Pour 1 cup of soup base over your grain and protein.
- Sprinkle with desired garnishes.

Alternatives: Add in a rainbow of your favorite vegetables, sweet potato and cabbage are delicio
options to include in this soup. Chop up small and add into the pot when you include the calabacit

Recipe reprinted with permission from Recipe for Success (P.O Box 56405, Houston, TX 77256 • www.recipe4success.org)